此岸の男

南川隆雄

思潮社

此岸の男　目次

装幀＝思潮社装幀室

此岸の男

此岸の男

物見舟がゆっくりと流れを遡る
左岸にひとりの男
漏れる木桶で水を汲み　足踏みし　腰を屈める
日干しれんがをつくっているのだ

物見舟が流れのなかに止まったかのよう
岸辺の　これ以上ないほどに日焼けした男
泥囲いに水を注ぐ　赤土に枯れ草を混ぜ　足で捏ねる
木枠に泥をたたき込み　木枠を抜く
日に幾度となく繰り返す所作

もはや景色のなかに溶け入った

泥囲いに油のような黒い水を注ぐ　赤土を入れ枯れ草を混ぜる
煙草の吸い殻　着古したぼろ切れ　汗に鼻水　抜けた毛髪はがれた
爪　皮膚のかけら傷口の血と膿　食い散らした巻き貝二枚貝の殻
炒った南瓜やはしばみの殻　ときに漏らす石榴色の尿
足で捏ね　両手で木枠にたたき込む
底なしの木枠は縦一肘横半肘厚さ四半肘

数を増やし地べたに並ぶ日干しれんが
朝から何個つくったのだろう　わからない
乾いたれんがを　誰がどこに運ぶのだろう　気にとめない
きょうはあと何個　というよりただ日の暮れるまで

物見舟には気温がなく気象もない　此岸を見透かす淡い光
岸辺では　陽がのぼり気温が急に高まってきた様子

朦朧としてくる日焼け男　陽炎に焦げ縮れ　からだを震わす
ふと顔を上げれば　河の中空に揺れ動く見慣れない光景
光放つ逆さまの舟　雪を戴く逆さまの火山　一束の薪になって転が
る高層の建物群　ひとりでに捲れる経本に似た河面の波　なんだあ
れは　しかしどこかで見たような眼のなかの情景　身に覚えのない
彷徨の記憶
顔を泥に戻せば　もう忘れる　いま見たこと　いま思ったこと

逆さまの舟がゆっくりと流れを遡る
岸辺で目眩に耐える日焼け男
あれはね　おれたちの倅なんだ　思わず漏れ出る言葉
物見舟の眼にもう幾十年も曝されてきた此岸の男
小さな手で泥を木枠に叩きつけていた　肋骨浮き出た十に満たない
父なし子
いまでは白髪まじりの痩せこけた日焼け男　やにで黒く染まった歯
を見せてなにをひとり笑う　河の中空になにを見た

半分はこの地に馴化した細く柔らかな体躯
半分はこの地に見かけない幅広の顔立ち
父なし子なんてこの世にいない
あれはね　おれたちみんなの実の倅なんだ

そのうちに十分に老い　耳遠く目はかすむ　でも日干しれんがをつくり続けているだろう　手足屈めて泥囲いにのめり込むまで

そして泥のなかで　骨片　肉片　皮膚片となって消えるのだ
乾いたれんがを誰がどこに運ぶのか　わからない　気にとめない

油のような黒い水で口を濯ぎ　髪を梳かし　すべてを措いて
泳いで来い　河の中程まで

物見舟は光を消して　ゆっくりと流れを遡る

町なかの寺

繁華な通りを折れると短い参道があり　墓地をはみ出した墓石が両側に並ぶ　この参道は罹災の後　町民に乾パンなどを配る場所　防空壕から運び出した遺体を並べる場所にもなった　思いは残るが今は措こう　山門をくぐると　両脇にさらに墓石が二重の列をなしている　手水場で口をすすぎ手に水をかける　境内では知恵遅れらしい幼女がひとり踊りはねている　着物の前がはだけ　手に持つ八つ手の葉を絶えず回している　幼女がこちらに近づくのがこわかった　若い僧が竹箒を置いて手招きする　痩せた僧の背に随い左の回廊を巡って本堂の裏に行く　寺の最も分かりにくい所　裏側への曲がり角に大蛇のようなものがとぐろを巻いている　むかし寺の棟上

げに信徒の女たちが寄進した黒髪の太縄　次の建立にも使わせて頂けます　と低く述べて僧は姿を消す

眼が慣れてくる　光背のあいだから僅かな光がくる　ご本尊の背後は細長い小座敷になっている　そこを一時拝借して二組の祖父母がこぢんまりと正坐している　若死にした祖父の顔は影になっていて見えない　どう　と最も長寿だった母方の祖母が呟く　この世を堪能しているか　と訊いているのだ　ええそれはもう　と眼で応えると　それぞれに小さくうなずく　四人を促して今度は右の回廊から本堂横に出る　こちら側も　唯一戦災に耐えた鐘楼跡を囲むように墓地が広がる　入口の倶會一處のいしぶみが　いまでは中程に隠れている　明るみに出て輪郭の薄れてきた四人を奥に誘う　じつは墓地の突き当たりまで来ると　わが生家が見透かせるのだ　家の障子や格子をすべて開け放しているというのに　人の気配がない　一家で親戚のお祭のお呼ばれに行ったようだ　と独り言のように言う

四人はやはり無言でうなずく

なにか用を果たせなかった不安感に足がもつれる　右の回廊を逆にたどって　ご本尊の背後に戻る　眼の慣れるまで長居はできないようだ　見分けのつかない四人に軽く頭を下げ　体を返す　角の毛髪の太縄の傍らに若い僧が立っている　僧に随い左の回廊を巡って本堂を降りる　いつかじぶんにもあの小座敷に坐る番が来るのだろうか　あらぬ想像をしていると　僧は無表情に会釈し竹箒を手に取った　八つ手の幼女はもういない　振り返らないのがよい　そう言い聞かせながら山門に向かった

朝

むしろ戸をめくって草はらに出る　しばらく歩いて股引を下ろす
だだっ広い草のじゅうたんは　しゃがみ込む人ひとりを一握りの土くれにしてしまう　きのうの物乞いでありついた食い物にも消化し切れなかったものがあるらしく　今朝こうして形をなし土の上にぽとりと落ちる

放し飼いの山羊が目の前を通る　ろばの親子　砂まみれの出べその幼児　あひるの一群れが通る　野猪顔負けの黒豚がいつものように後ろで鼻を鳴らす　尻の下の湯気立つご馳走を待ち受けているのだ

少し離れた草むらに老若二羽の雄の孔雀が身を寄せ合っている　うずくまる老いたほうはもう歩めない　死別の時が間近　すぼめた翼が崩れてくる　一仕事できそうだ　屍骸から羽根を抜いて売れば　とくべつの食い物にありつける　目玉紋様の羽根の数を目算する

さらに先の草のなか　曖昧に揺らめく青白い煙が二つ三つ　浅く窪みを掘って火葬にしているのだ　今朝は炊事の煙よりも数少ない　死人の名さえ忘れかけている家族が　枯れ枝集めも楽じゃないなどと言いながら　仕上がりの様子を見に来るころだ

相棒の犬が機嫌よさそうに寄ってくる　膨れた腹にはなにが入っている　こやつは菜食の戒めを時に無視する　連れ立って裏手の流れに身を沈め　聖なる大河のお流れを戴いて一昼夜の汚れを洗い濯ぐ　人はふつう犬三代分生き延びると聞いたが　これまで幾日を過ごし　あと幾日残るというのだ　赤く大きな朝日を仰ぐと　いつも身震いがくる

怠惰な午後

崩れた城塞の古煉瓦を砕き　もっこで運ぶ　道路舗装の日傭仕事で
糊口をしのいだ　茜色の道が徐々に延び　やがて河岸にぶつかっ
た　達成の喜びに一同の歓声　そして仕事がなくなった　いつも結
果はこんなふうだ　日数も年数も数え忘れていた　疲れと老いの栓
が抜けて　どっとからだに降り注ぐ　もう歩くのさえ物憂い

陽射しがことさらにこたえ　大きな菩提樹の根元まで這い寄る　こ
の樹は囲いのなかに盛り土して苗を植えるので　根元が一段と高く
雨水が流れ込まない　やれやれ　ぼろ衣を腰にあてがい釈尊入滅の
形に横たわる　所在なく唯一の持ち物の肩掛け布袋をあらためる

手拭い　空の水筒　肥後守　糸の抜けた経文　それに竹笛　底のパン屑を摘んで舌にのせる　所々に甘さ　口に残るごみをはき出す

樹の裏側から老女がひとり現れた　この先客は凶か吉か　顔も手の甲も腕も一面しわで蔽われている　でも齢は自分の半分ほどだろう　瓶の水を飲ませてくれる　西洋人の捨てていった透明な瓶だと　いとおしげに撫でる　畑地からはみ出て育つ豆や野菜　屋敷の外側に垂れる果物　管から漏れ出る水　そんな場所もおしえてやろうと言う　嗄れた声

腹を痛めた十人の子供たち　そのうちのひとりが樹の傍を通るのを待っているのだという　こちらにはもとからそんな当てはない　捨てる神に拾う神　壊す神に創る神　しばらくはひとにも自分にも甘えて　怠惰に過ごそう　河鱓の尾っぽに似た　先の細長い菩提樹の葉がふわりと目の前に落ちてくる

煙る黄昏

聖なる山々の雪融け水は山裾や野原を巡り　草木のむくろを溶かして生臭く黒い河となり　俗界に姿をみせる　その流れに作法通り麻布で包んだひとひらの亡骸を浸す　足先から沈み足先から出る　わたしの亡骸　心地よい冷ややかさ　からだのよごれ　こころのわだかまりが流れ出ていく　水に溶ける草木のたましいの効能か　息引き取ったわけ　ところ　とし　なまえ　は遥か下流へと遠ざかる

布で包んだ小柄なからだを薄板に乗せ　薪の垣根がつくる迷路の中心へと運ぶ　見覚えのない人々　窪みに積み重ねた枯れ枝と薪のうえに　水の滴るからだを置く　火がつき　すぐさま炎に包まれる　白い煙は青くなり虚空にたなびく　はや陽は翳り　人影はまばら

黒衣で身を被う女がひとり炎を見つめている　あれは妻か娘　それとも妹か　仕草に心当たりはない

雨が降ってきた　青い煙が白みがかってくる　薪の重なりが湿った音を立てて沈む　見透かすように裸足の少年が近寄ってくる　漂う牛糞臭　女は皮膚片のような紙幣を少年の掌に置き　河岸に下りて行く　少年は慣れた動作で窪みに降り　亡骸に　あのように縮んだわたしの亡骸に　触れんばかりに薪を継ぎ足していく　戻ってきた女に少年は言う　朝方までかかりそうだよ　頭巾が頷く

砂の曼荼羅を思わせる情景　遮るもののない　しかし吹けば飛ぶような危なっかしい構図　一体どこからわたしは　雨降る迷路を俯瞰しているのだろう　炎のなかに横たわり消えていく亡骸は　もはや誰のものでもない　それを見つめるわたしも　見るものがいなくなれば　かき消える　どこで　なにして　いつまで　煙はいっとき河面に映り　雲間に吸われていく

うたげ

昨夜は眠れなかった
ハンモックを揺らして蚊を追いつづけ
網目から汗を滴らせた
寒風の橋を渡り一家で買い物や墓参りをした
子供のころの年末の情景が
ことさら生々しく天井を行き来し
目が冴えた

この土地には二つの季節があるんだ
暑い季節と　より暑い季節

と怠い冗談を口にして
招いてくれた村医の男がわらう
月に一度まつりがないと
一年がもたないんだよ　またわらった

ようやく料理がきた
深鍋の熱湯を傾けて捨て
真ん中の皿に中身をごろりと載せた
豚の脳　まるごとだという
各自が大匙でこれを切り取り
魚醬を垂らして口に運ぶ
外側の大脳はねっとり軟らかだが
なかの脳幹にいくほど筋っぽくなるよ
村医がおしえてくれる

中空を蕃刀で切り裂くと

中庭の立ち木に縛られた若い男が現れた
捕虜にした敵の戦士を磔にする余興だが
伝承と椰子酒が血を煽り
妄想は爆ぜる寸前まで膨張する
皿に二つ目の脳がきた

寝不足だがたんぱく源は摂った
明朝はつぎの島に渡る　そこにはまた
別の人々のうたげと食い物がある
一個の手荷物を預け置くだけで
この村も懐かしい故郷に思えてくるだろう
さらにつぎの島つぎの土地へと移るごとに
わが出自はうまい具合にかき消え
迷路は佳境に入っていく

異境の月

宿の四階の窓の左端に十六夜の月が現れた　月を見るのは幻視九分
というけれど　今夜は月面の地形が異様にはっきりと映っている
窓下には　人と超人街に面した居酒屋の屋根のない奥座敷が　衛星
写真ほどに微細に一望でき　地底から立ちのぼる酔客の蛮声が硝子
窓にひびく　難渋さで後生の読者を悩ませる斧族語作家も　こう嗄
れ声をあげ少年を漁っていたのだろう　最後の夜も風雅とは程遠
く　このまま乾いた有明の月を眺めることになりそうだ

いまも昔もここの住人は　植物の原形をとどめる泥炭を燃料にした
がり　所構わず地面に穴ぼこを穿つ　泥炭層に浸みた雨水は有機物

を溶かしこんで穴ぼこに溜まる　それゆえ長身の征服者はこの地を黒い水溜まりの町と呼び　長期の駐屯を嫌ったが　住人たちはその僥倖に感謝した　黒い水に月はよく映える　強いられた十字架を祖先の紋章に似せて円環に歪めたのも　月に頼るせいだろう　なぜかここの人たちは十六夜の月こそ満月と言い張る

まだ薄ら寒い午後　何のいわれがあるのか　市街を横切る黒い河に百人を超す老若の男たちが飛び込むのに出くわした　麦酒醸造所の影が飛沫にかき消える　伝統と長寿のために三搔きに一口は黒い水を飲み込みながら泳ぎすすみ　対岸に着くと　待ちかまえる親族と抱き合う　裸体を震わせながら滴る黒い水を晴着に染みこませ　無病息災の素を親族に裾分けする

ようやく眠りの側に移れると思うと　胃を充たした黒い河の水が逆流する吐き気に囚われる　いまは居酒屋の奥座敷の蛮声も地底に吸い込まれた　片側の輪郭のぼやけた月が窓の左端から動き　右上の

隅に隠れようとしている　こうして場所と時間を違えても　月の見せる表情に変わりがないとは奇怪なことだ　人類はどこかで誑かされている　このからくりを見破る術はないものか　水面に映える有明の月にこそかの衛星の綻びがあらわれると　馬国不死国を巡った旅人は呟くのだが　最後の夜の月は　余裕の含み笑いを見せながらしだいに薄れていく

大脳皮質の街

窓から街外れの地形をうかがっていると　どうしてあなたは外国へ
来るとお墓巡りばかりしたがるの　と老配偶者がなじる　みいらに
異常に執着するそちらの性癖はどうなんだ　と言い返したいが口に
出さない　自然史博物館の回廊を歩むうち　いつか歴史博物館の側
に入ってしまっていた　もう名所旧跡を巡る体力はなく　近ごろで
はこうした小ぢんまりした所が好ましい　相手が翡翠瑪瑙の出土品
に見とれている間に　当方はするりと博物館を抜け出て　窓から見
当をつけておいた崩れた土塀の内側に入っていく

かつて　北のあてね　ともよばれた旧市街は巨大な一枚岩の上にま

とまり　要害の高みに城砦がある　朝の横向きの陽射しのなか　高台の端の切符売場にもう観光客が長蛇をなしている　その後ろに付き　順を待ちながら城壁を仰ぎ見る　じつはそれで充分だったのだ　やっと入場券を手に入れ　落とし格子を仕掛けた外門をくぐると　ただ砲台に旧式の大砲が並んでいるばかり　砲身が客たちの手垢で黒光りしている　見えない海に飛び出す鉄球の弾道を想像して　高い入場料のことを忘れようとする

この街の配置は人間の大脳皮質の断面を彷彿とさせた　最外辺の新市街には高層の建物が並び　高速路を分別顔の人々が爽やかに車を走らせる　厚みのある外辺に囲まれた旧市街には　種族保存の本能や不可解な情動の中枢が手堅く匿われている　外辺は外に向かって拡大するが内側は圧迫されてますます頑なに　いや意志強固になる　中核の墓地はさしずめ最深部に閉じ込められた髄質または喪神した霊魂というところか　そこに興味を抱かない者はいない

湿った落ち葉を踏み　大脳縦列ともいえる墓石の列の間を歩いて行く　自然増殖したとみえ　曲がりくねり奥が深い　くろまにょん人誕生以来の身分差は墓地にこそ赤裸々に遺され　その後の染色体の多様化によっても拭い去れなかった　墓標もなく草むらのそこここで雨水に溶け消えた遺骸の脱け殻が無数に地中を穿っているかと思えば　突き当たりには石造りの門を構えた墓所が紋章も重々しく並んでいる　小雨を避けて石囲いの斎場に這入ると　濃厚な黴と腐植土の臭い　左右に並ぶ新仏の石棺　眼が慣れると　正面の壁に頭蓋と一対の上腕骨を組み合わせた浮彫があらわれた　海賊の旗印の原型か　と思わずひとり笑いする　足許には奥行きの数倍の深さで溶け消えない遺骸が折り重なっているはずだ　われら人類が滅ぼした　ねあんでるたーる人の血統がこの墓所にはひそかに息づいている　街なかを闊歩する当地の人々のわずかな仕草にそれが顕れる　高密度の花粉の堆積に後生人はなんの不審も抱かないだろう

夢想というなかれ　墓地に入ると時の経つのをつい忘れる　いやみ

を言われる前に戻らねばなるまい　墓地の門のわきに木造の質素な
教会があるのに気づいた　合唱練習をする子供らの声が漏れてく
る　すると教会の扉が開いて　老配偶者が現れた　当方の行き先を
先刻承知しているのだ　ここで一休みさせてもらったの　お茶もご
馳走になったよ　と上機嫌　白昼の妄想が一瞬はぜ萎む

赤い星の二つの月

火星大接近の一八七七年八月ワシントン海軍天文台のアサフ・ホールはこの惑星を巡る二つの月を反射望遠鏡によって発見した　第一の月フォボス狼狽は歪なじゃがいも状で直径二〇粁ほど　主星面上わずか六千粁の上空を七時間半で一周するので主星から見れば脚速く日に二度西から出て東に沈む　旧ソ連の探査機フォボス二号はこの月が僅かながら呼気を吐き自身を捕捉した主星から逃れる意志をいまだ抱くことに気づいたが　その直後に探査機は失踪した　実際にはこの月は百年当たり一・八米の速さで主星に誘引されていて無慮五千万年もすれば主星に吸収されるか潰されて環になる定めらしい　六日遅れで見つかった第二の月ダイモス恐怖は球形とは程遠い

腸詰めの切れ端に近い奇形だが直径は前者のほぼ半分　三〇時間一八分かけて主星を一巡するので東に昇って西に沈むまでに三日弱が過ぎる　第二の月は一見遠方の恒星に見紛う光を時に反射するがこれを擬態というなかれ　二つのクレータ　ジョナサン・スイフトとヴォルテールは常に反射光を放って底部を視界から隠すもののそこに何者かを潜めているわけではない　二つの月はじつは血を分けた兄弟ではなく両者の出自と現世での動きと運命は大いに異なりダイモスのほうはそれと感知されない歩幅で主星から遠ざかりつつある

他方愚者ガリヴァーは一七〇七年洋上で日本人船長を戴く海賊船に放逐されて北緯四六度西経一七七度の地点から丸木舟でほぼ南東に五日行った島にたどり着き　うまい具合に空飛ぶ島ラピュータに救い上げられる　この飛島の運航は長さ六碼の巨大な天然磁石に委ねられ一群の天文学者がこれを操作する　天文学者の主な務めは天体観測であり　蓄えた知識と高性能レンズをはめ込んだ望遠鏡のおか

げで　後年欧州で観察されたよりも三倍もの多さの恒星を記載している　同様に彼らは焰星すなわち火星を回る二個の月をすでに知っていた　そのうち内側の月は主星の中心からその直径の三倍の距離　外側の月は同じく五倍の距離にあり　それぞれ一〇時間と二一時間半かかって主星を一周する　それゆえ二つの月の周期の二乗は中心からの距離の三乗にほぼ比例し　総ての天体を支配する引力律がここにも適用される　この研究成果をこちら側の人間が検証する手立てはなくはない　今は亡き通事中野好夫師の言によれば飛島を浮かべる大陸は東に伸びて米国未踏の加洲西部に達し　首府ラガードを北行すれば一五〇哩弱で太平洋に出　そこの港から北西の北緯二九度東経一四〇度の位置にラグナグ島があるが　この島は日本からみれば南東約三〇〇哩の地点である　すなわちガリヴァーの往路もしくは帰路をたどれば誰しも飛島ラピュータに行き着ける　こうして一八七七年を遥かに越え一七〇七年を遡るいつの時点で　かの人々が焰星を巡る血縁のない二つの月を見出したかを知り得るというものだ　この世から足踏み外す酔狂があればのことだが

植物極

ひかりを避けてみみずが腐植土に潜るように　都会の気配を覚えると郊外電車はいそぎ地下に姿を隠す　みみず状の地下鉄を降りて幽門を這い出ると　陽射しを仰ぐ余裕もなく十二指腸様の隧道に導かれる　おりーぶ油とぶどう酒と口腔清涼剤にまみれる地表には　なにか田舎者に知られたくない逸楽がはびこっているらしい

毎週六日　これは仮の姿　とひとり呟きながら妻子のためにたどる路　腰には二日続きのたけのこ飯の弁当　悪性のぽりーぷでも見つからぬかと隧道の内壁を退屈まぎれに撫でていく　ぬるり足許が分泌物で粘りつくが　両手で均衡をとることには慣れている

壁を伝ってひたすら歩けば出口の見つからない迷路はない　との定理がある　但しそれが円環でない限り　そう〝この世に但書きのない事象はない　但し……〟と続く　でも今はただ腸の内壁を流れるようにたどっている　たまには路に迷えばよいが　とねがいながら

やがて行く手に一条のひかりが射し　青臭い葉緑素のにおいが漏れてくる　植物極が近いのだ　背側に篩管　腹側に導管が通りはじめ　しだいに体を締めつけてくる　ここまで来れば蠕動に身を任せるばかりだ　と　体がすっぽり隧道を抜ける

陽樹の門をくぐって苔むす石段を降りると　都心の会社から山村の生家に戻った気分になる　照葉の天井の左手から青みがかった鳥影が滑ってきて　こちらの頭の天辺でとんと拍子をとって右に消える　こんどは右手からきて　肩の上でとんと拍子をとって左に消え

る　今朝は尾長のお出迎えだ　というか　身分改めをしているのだ

これを合図に　樹木が慰みに飼いならした様々な鳥ども　生殖の下働きをする昆虫どもが朝のあいさつに集まってくる　こちらが地下道でくっつけてきた蛭や虱や回虫の卵のおみやげを啄むのが目当て　おかげで皮膚のむず痒さが抜けていく

謫仙っていうだろう　不遜ながらこちらは植物界での過ちをいまここで償っているつもりなのだ　直立二足歩行の利点を生かして日なか歩きまわり　高踏派の喬木　その下の寝たふりの灌木　虫の卵を宿す下草　落葉のなかの団栗の芽ばえ　造精器と造卵器を合わせもつ羊歯の前葉体　神経毒を蓄えて光る茸類　なかば土と化した地衣類　どのような棲息者にも心込めて奉仕する

きょうは気持ちの上向くことが一つあった　一顧だにされなかったけやきの巨木に声をかけられたのだ　お前たちは何がうれしくて両

の脚であくせく動きまわるのだと　はい　わたしどもは〝死を恐れぬができれば長生きしたい〟と〝あまり長生きしたくないが死ぬのはこわい〟の間をうろうろし無駄めし食っているのです　そう答えたが　巨木はもう別の方角を向いていた

陽が翳り植物が鎮まってくる　中空を滑りながら尾長が頷く　きょうはこれまでとの合図だ　尾長を遣っている者が誰なのか　それを知るのも詮ないこと　土を払って隧道の口に向かう　隧道を逆に歩み　粥が食道を下るように地下鉄に吸い込まれる

涼しい夜に地上に這い出すみみずの仕草で　地下鉄はするりと郊外の夜景の間に現れる　これは仮の姿　とひとり呟きながら妻子のにおいする集合住宅にたどる路　ひとりでに止まり扉を開ける昇降機の素っ気なさに　まだ正体を覚られていないなと安堵する

魚雷

双子葉植物の受精卵が分裂をはじめると
胚はまず球状にまとまり　心臓型を経て
魚雷型になる
だが実物の魚雷を目にした人は少ないだろう
その魚雷なのだ　わたしは

人間機雷伏龍は　潜水具を身にまとい
海底を歩いて敵艦に近づき
竿の先の機雷を船底に突き上げて
爆破する——一縷の期待を秘めていた

しかし人ではない　わたしは

なに者の意志によるのかは　わからない
息ひそめる潜水艦の脇腹から　わたしはとび出す
潮流に水圧それに標的の航行速度を計算し
ゆるやかな楕円軌道を描いて推進する
憎き敵艦の内燃機関めがけ
深夜の海に優雅な航跡を消してゆく

だが　どういうことなのだろう
人の綿密な計算を外す知恵を授けるものが
この世のどこかに潜んでいるとは
わたしのからだは標的をかすめ
何もない暗い海を　なお突き進む

辺りは静まりかえり

回転する羽根音だけが優しげにささやく
あとのないただ一度の任務を逸する　なんという不運
でも当たらないほうがはるかに多いのだとも

魚雷型胚には茎や葉や根のもとが形をなしている
実物の魚雷ではなく　魚雷型の胚であったなら
との期に思うのも　おまけの時間のおかげ
もし許されるなら　種子として落ちた所から動かず
日の光を浴びて　人の背丈を超すみどり色の樹に
なれたかもしれない

ときにこのまま十海里ほども進むのだそうだ
記憶を棄て　あて所なく前だけを眺めて
そのうちに羽根音がかすれ
からだは深みに傾いてゆくだろう
寿命を覚り仲間から離れる　回遊魚さながらに

理髪店

じぶんの実体は鳥　それも黒い羽根の地味な留鳥だと思いこんだ
それを実証したい衝動を抑え込むため　望んで隔離部屋に閉じ込も
った　中学に入る少し前のこと　三階部屋の丈夫な格子を通して四
つ辻の理髪店の看板が見えた　店の様子はうかがえず　出っぱった
看板だけが目立った　朝食の膳を返すころ　動脈包帯静脈を表す赤
白青の縞の円筒が回り出す　なかにいる大型のとかげが四肢を踏ん
張り円筒をひたすら回す姿が目に浮かぶ　地下から不可視の霊気を
汲み上げ　円筒の先から虚空に向けて放っているのだ　日がなひた
すら　円筒の端に立ち上がるかげろうの渦がそれを明かしている
渦に乗ればだれもが透明になって中空高く旅立てるはずだ　そのか

らくりを探ろうとして格子からいくつもの紙飛行機を送りこんだが　どれもが反発し合う磁石のように逆の方角にはね飛ばされた　拒むところに本心が透かし見える　寝汗をかき気分のふさぐ夜には　務めを無視した大型とかげが円筒を逆向きに回す　これでは霊気は乱れ世の秩序が解けていく　うなされ　ときに悲鳴をあげた

気持ちの沈む日には　窓下の床で膝を抱え　罹災前の生家や街の人々を幾度となく思い返した　子供の足で五分ほどの家と学校の間には　寺の参道の入口　塩昆布以外に並べるものがなくなった敷島パン店　ときたま乾燥バナナのあった乾物の辰巳屋　雑貨ばかり置いていた大西化粧品店　伯母と従兄のいる茶碗屋　同じ並びの中程にある床屋には月に一度立ち寄った　赤白青の看板は節電のためもうずっと動いていない　扉の開いた入口で声をかけ待合の長椅子に腰掛ける　目の前の壁には風に捲れる加藤隼戦闘隊の映画案内と大東亜共栄圏の地図　時間潰しに地図を見て地名と場所をおぼえる　樺太から朝鮮台湾まで赤色の大日本帝国　桃色の満州国　黄色の中

華民国　白の蒙古とソ聯邦　仏印　比　泰　緬甸　馬来　昭南島
記憶は反復再生されながら　絵日記に描くように鮮明になってい
く　じぶんの記憶の外には　もう決して存在しない街と人々　でも
突然　警戒警報のサイレンが鳴る　電灯を消して理髪の仕事は中
断　家に走る途中で空襲警報となる　肩掛けの防空頭巾をかぶり
壕のなかに折り重なって入る　息殺して聞く敵機の爆音　急に狭ま
る視界　遠ざかる物音　こうして記憶は新しいほうから崩れていく

夜　本棚から外科医パレの物語を選んで寝床で読んだ　十六世紀
田舎者の床屋の徒弟パレは剃刀と鋏に扱い慣れると　うまい具合に
パリの病院で理髪外科医になって修業し　やがて軍医として従軍し
た　戦場ほど実地の力を養える場所はない　若い軍医は卵黄ばら精
油てれびん油を練った膏薬で銃創の治療を一新した　動脈を縛って
から四肢を切断した　また脱腸を手術し　梯子を用いて肩脱臼を治
し　気管を切開し　包帯法を示した　パレはついには国王の筆頭侍
医になったが　あくまでも謙虚な人だった　じぶんは包帯をするだ

け　あとは神様が治してくださる　最後まで理髪師組合にも席を置いた　パリの理髪外科医メヤーナキールが初めて用いた赤白青の縞模様の看板にパレも街でお目にかかっただろう　夜々この物語を読みすすむうち　しだいに気分が晴れやかになった　丈夫な格子やそこから見える床屋の看板を気に留めなくなった　もし実体が黒い鳥であれば　いつか何かの拍子に飛ぶこともあるだろう　でも　いまそれを試すときではない　そう考え　部屋を出たいと思いはじめた　パレは精神科医でもあったようだ　四つ辻の看板の先端から理髪外科医の霊力がこの部屋にも流れ入ってきたのだ

*

冬の一日

顔見知りはきみの奥さんと二人の息子さんだけ
ほかの参列者にまるで見覚えのないのは奇妙だった
香煙に白む斎場をあとにして
中学出て以来の古い町並みをたどる
冬の旅　と格好つけたかったが
昼前から汗ばむほどの陽気だった
外套を脱ごうとすると
比喩まみれのやわい皮膚がいやがるのだった

左に折れて丘の上の小学校までのぼり

建物も地形も面影ないことに納得して
日陰の側の坂をきみの家のほうにくだった
いまは誰もいないことを承知している
闘病の跡を示すように
収穫を忘れた畑の野菜がかたちを崩し
鈴なりの柿が耐え切れないまでに熟れている
ふいに尿意を催し勝手知った裏庭の手洗いにいく
実のないからだの組織が溶け剝がれるのだろう
塩分のない白濁した液が長々と出た

最期の一日は意識をなくしたそうじゃないか
なにを思い返していたのだ
展示中に標本箱から消えた水晶
ついに抜き取れなかった七面鳥の尾羽
きみはそそくさと姿を隠し
きみにまつわる形のあるもの形のないものが

陽を嫌う彗星の尾のように次々に後を追って行く
でも　これでさよならというわけではないだろう
どちらかがこの世にとどまっている限り

きょうは帰らず一泊しよう
生まれ育った土地で宿屋を頼るとは因果なこと
夜更けの寝床になめすように表皮を拡げ
そこここの綻びを虚構の糸で繕うことにしよう
けれんを嫌ったきみの目がないのをさいわい
もう少しだけ下手な面芝居で遊ばせてくれ
足許から土の冷えが這いのぼってきた

飛行船

小魚の群れは　肉食魚に追われるとおのずから一匹の巨魚の姿にまとまり　難を逃れようとする　ちょうどそのような魚の形の橙色の光の集まりが　夜空をゆっくりと西に向かうのが見える　ときどき小灯がいっせいに消え　しばらくするとまた点る　灯りが消えたあとには　見えるはずのない残像が一瞬脳裏に映える　それは青白い飛行船だった

この度の旅はひどく不如意で　と訴えると空き病室をねぐらに都合してくれた　煩わしいから扉に鍵を掛けておきますよ　と案内の看護師が出ていく　初めてのことではない　ここの　夢見る鉄格子

からの眺めがとくにすばらしい

尾ひれを切りとったぼらのような気嚢は銀鱗におおわれ　これで太陽光を集めて自家発電しているらしい　昼間はだから地上からなにも見えない　ばかでかい気嚢の下にはいぼかと見まがう吊り籠が取り付いていて　横並びの小窓までうかがえる　吊り籠は飛行船の中枢の在り所だが　こころをもたない気嚢の浮力に全てを頼っていることも確か

わが旅もここまで北上すれば　東西の距離はそれだけ短くなってきて　真西に進路をとる飛行船は日をおかずに東の空から元に帰って来る　その間こころとからだの相互依存の運動を性懲りもなく繰り返す　ときにいぼに横並びする小窓のなかの影が　不自然に動く気配が見てとれるが　その意味はさすがに知りようがない　惑うこころの残像が映るのだろう

看護師が夜食を運んできてくれる　夢見る鉄格子からの眺めはいか
が　看護師が親しげにほほえみ　がちゃり扉を閉めて去っていく
飛行船のことは誰にも話していない　その前に　あの小窓の格子の
隙間から地上をうかがう者の顔を確かめねば

鳩

四つ辻の見えない側で　どたり　と音がした　虎ノ門の地下道を出
て桜田通りを桜田濠のほうに折れようとしたときだ　やっぱり　得
意そうにこちらを追い抜いて行った（まだ全く切れたわけではない）
先妻だった　値の張りそうな運動靴の底を皇居のほうに向けて　歩
道にごろりと仰向けになっている　むかしならばありえない寝転び
方だ　照れくさそうに目をそらし　涅槃像の格好になった

どうしたと訊くと　二羽の猛禽にやられたという　まず一羽が必死
の形相で滑空してきて顔面に迫り髪をかすめて飛び去った　のけ反
ったところへまた一羽　さらに疾く殺気立った形相で頭頂をかすめ
た　たまらず　どたりと仰向けに倒れこんだ　凄まじい羽音だった

というははあれはね猛禽じゃなくてただの鳩のつがいだよ先ほど交叉点をまず一羽数秒おいてまた一羽が横切るのが見えた夫婦げんかして追っかけ合ってるんだろ

抱き起こそうとすると触れられるのを避ける仕草で起き上がった肩に近い右の上腕が紫色に染まり周りの皮膚に緑色が滲む骨がひび入って骨髄液が漏れ出てきたのだ膠原病による骨粗鬆症のせいで体じゅうの骨が脆くなり縮んできているこれで三度目だからおどろかないよと右腕を腹の辺りに押し込んで固定する

官庁街の深夜はねずみのそして早朝は鳩の解放区になっているまして休日の朝には鳩は野性を存分に取り戻し本能を発散させるあのつがいもいまごろはどこかの屋上庭園で交尾していることだろう合同庁舎の御影石の標識に先妻を坐らせる人間どもに気づかれる前に早めに消えるがいいさまたそのうち遇うこともあるだろうよこちらはひとり桜田門に向かう

幻影林

江の島行きに乗り換えて次の駅で降りる　林の西の端というのにな
ぜ東林間なのだろう　教わったとおり駅前の菓子処で血のように鮮
やかな寒天菓子を買い　繁みのなかの小道に入る　ここに来る日は
いつも快晴だ　虫採りに都合のいい日を選んで来るから

十分ほど進むと二列十棟の療養所　伯母のいる大部屋には目をつぶ
ってでも行ける　後妻の伯母には実子がいない　「おばさん　いつ
死ぬの」がしばらく前までの挨拶だった　分かっているよと目で笑
って　蚊帳麻作りの虫採り網を寝台下から引き出す　そして外まで
付いてきて言う　裏門を出ても深掘川のこちら側までだよと

欲望が解き放たれて　たも網を見境なく振り回し　自分の分　弟の分　級友の分を虫籠に放り込む　川向こうには野生に戻った桑林が拡がっている　往来を防ぐため橋がない　が川を渡るのはわけない　つい今も深掘川をふんわり跳び越えて　軍帽の傷痍軍人が目の前に降り立つ　顔馴染みだった

その虫少し分けてくれないかい　蟬がいいねえ　日干しして炙って塩を振ると乙な味だよ　にいにい蟬と油蟬を二十匹ほど取り出して虫籠を軽くする　川底で黄土色の義足を見せて洗濯するもう一人からも声がかかる

川では小魚ざりがに殿様蛙しじみ亀が捕れる　時節によっては姫竹の筍ふき蕨ぜんまい芹たにし　桑の若葉と赤紫の実はビタミン源　戦地に比べれば天国だね　この前は緋鯉を塩焼きにしたが水っぽかった　と川底からの声　これは初耳　でも伯母には言わないほう

が

川の先　桑林の向こうに何がある　雑木林が続き旧軍用路にぶっつかる　さらに先に県境の大きな河　想像を超えた地面の拡がり　でも東林間ほど虫採りに適した所はない　自分の分　弟の分　級友の分　再びたも網を振り回す　網を預けに立ち寄ると　買い出し電車のように満員だね　と虫籠をのぞいて痩せ顔の伯母が笑った

実えんどう

あのころ　母のおなかには妹が宿っていた　肉魚が手に入らない時
代だったので　母はひたすら豆類を食べて　たんぱく源を補った
兵隊帰りの父は本好きで　そういう知識もあったようだ　板の間に
坐って　実えんどうの莢むきを夜なべ仕事に手伝った　ざるに集め
た豆は翌日一家で平らげ　その夜もまた莢むきにいそしんだ　あの
時節　近所の農家から安い実えんどうが毎日のように手に入った

莢をむきながら　父が植物羊の話をしてくれた　大震災前の幼いこ
ろ横浜の叔父さんから聞いた話だった　父の叔父さんは遠い外国の
うわさ話を得意にしたそうだ　韃靼の野原には野生のえんどうが群

れていて　なかに時たま植物羊が宿るのだという　紋白蝶に似た花に雄しべがつくと　莢がひときわ大きくなってくる　莢の胚柄からへその緒を通して栄養を吸い胎児が育つ　莢が枯れ　ぽんと音させてはぜると　幼い羊が地面に転げ落ちる　韃靼人はそれを拾って帰り　羊の群れに放つのだ

父はときどき名古屋駅西口の闇市に出かけ　生干し食用蛙のもも肉や古本や木工道具を買ってきた　そして復員してから十か月が経ち十歳違いの妹が誕生した　戦後生まれのだいじな家族　寝ている赤ん坊の頭を撫でて　ぺこんとへこんだのには飛び上がるほど驚いた　母の所にとんで行くと「ひよめき」だと笑っておしえてくれた

あのころ　幾晩　実えんどうの莢むきをしただろう　熟れすぎてセルロイドのように硬く半透明の莢からとび出す　鮮やかな緑色の豆粒　これだけたくさん莢むきをやれば　子羊でなくても　一つ二つは豆以外のものが現れてもよいものを　と思ったものだった

砂の道　水の滴り

数えきれない足裏が踏み固めた　砂の道
いまは月明りを　白く照り返している
ある所まで来ると　小さくひびく水の滴り

地下に水の流れが　あるわけではない
砂の層を　ゆったり水がにじみ動き
ある所で　さらに下層に滴っている

両岸の劫火に追われ　いのちなくした人たち
を流れから拾い上げ　荼毘に付したのだった

もう六十年も前のこと　知る人もわずか

梅雨時の土手の　唐胡麻の葉影に
腰抜けたように坐りこみ　兄弟で見た
川辺の窪みから立ちのぼる　青白い煙

老いた足　幼い足　数えきれない足
が踏み固めた　乾いた砂の道
月明りに　白く光っている

その上まで来ると　小さくひびく水の滴り
砂の層を　ゆったりとにじみ動く水に
いまも溶け出てくるもの　揺らめく残像

ガードの向こう

あの舟はどこまで　この世の果てまで
でその先は？　それはだれにも分からない

ぼくが生まれ八歳まで過ごした町は中町といった　町を西に行くと
伯母の家のある堅町　さらに西へ行くと西町になり　その外れで道
は私鉄電車のガードをくぐっていた　ガードの向こうはただ稲田が
ひろがるばかり　遠くに火葬場の煙突が見えた

ガード下の右側は蹄鉄をつくる鍛冶屋だった　狭い仕事場の壁には
蹄鉄と鍛冶の道具がずらりと掛けてある　いつも馬が一頭　表に尻

を向けていた　親方はまず壁の蹄鉄を火に入れておいて　脇に挟んだ馬の足裏からすり減った古い蹄鉄をはずす　つぎに形を整えたまだ熱い蹄鉄を　馬の足裏にぐっと押しつける　ひづめから煙が立ちのぼる　形が合わないと　蹄鉄をまた火のなかに放り込む　これをくり返すだけなのだが　なかなかの迫力　馬はどれも哀れなほどおとなしかった　鍛冶と馬の両方が見物できるので　ぼくは二つの町を越えてガード下によく行き　細い道と仕事場の境目に佇んで時の経つのを忘れた

あの舟はどこまで　この世の果てまで
でその先は？　乗ってゆけば何かがあるさ

米軍機の空襲をうけた夜　ぼくの家族はまず堅町と西町を走り抜けて西の外れまで逃れた　ガードをくぐって稲田に出れば助かると思った　が行きつくと　ガードの周りは火の海になっていて　人を寄せつけなかった　人々はだれもが北に折れ　道路と並行して流れる

川にかかる橋に殺到し　向こう岸に逃れようとした　そこを艦載機
が機銃掃射した　橋の上もその下の流れも桜堤も　修羅場だった

稲田の彼方には　麦や豆　青菜や芋類　大きなわら葺き屋根の家が
ある　とひそかに思い描いたものだった　地図を見れば今もあそこ
に私鉄電車が走っているが　ガードの辺り　そこから眺めた稲田や
火葬場まではうかがえない　物知りだった祖母は消え　母は消え
傍にいるのは記憶なくした弟ひとり　遠く離れて住んでいると　あ
の景色　あの人々の姿が　いつまでも消えなずむ

あの舟はどこまで　この世の果てまで
でその先は？　さらに分からないことばかり

暗闇の小銃

暗闇のなかで卓上に一挺の空想の歩兵銃を横たえる　木製の銃床から銃身を外し　薬室　尾筒　弾倉を分ける　音を抑え息潜めて　手にする順に分解した部品を右から左へと置いていく　手垢　砂埃　炭素粉と硝煙を　機械油の染みた手拭いで丁寧に拭う　針金を芯にした布を旋転に沿って口径七・六粍の銃身の腔中に巻き込み巻き戻す　こんどは左から右へと部品を手探りで組み立てる　この作業を終えると　眠りはいつも穏やかにやってきた　抽象の銃の構造は複雑だが　常に整然としていて冷たかった

夜半に見る夢の出だしはいつも決まっている　空襲警報が重苦しく

鳴り響き　はや兵舎下の土手の窪みにへばりつく　幾百名もの少年兵のひとりだった　実弾発射の命令はいつ出るのだろう　そんなことばかり思って窪みに張りついている　木銃を両腕に抱えての匍匐前進　直ちに匍匐後退　陶製手榴弾での投擲訓練　竹槍での銃剣術　気持ちは逸るばかり

照明弾で眼前の道路が一瞬昼間よりも明るくなる　祖母の乗る車椅子と　それを押す似た顔の伯母の姿　またときに毬を追う幼い妹の姿　が照らし出される　あ　危ない　はやく隠れろ　はやくはやく　大声でわめく　が　自分はその場を離れない　安全な土手の窪みを明け渡したくないからだ　白い道路には様々な親族や友人知人たちが照明弾に照らし出される　危ない　はやく引っ込め　窪みに張りつき声だけを出す　験されているのは分かるが　体は正直にも動こうとしない

照明弾の後には悠然と黒い米軍機の編隊が通り過ぎる　それをじっ

とやり過ごす　すると中年の将校が無言で手招きしているのに気づく　地下指令部の入口だ　震えの止まらない少年兵たちは順次なかに引き入れられる　内部は薄暗いが底広く　多くの将兵が立ち働いている　しばらくすると電灯が一斉に点って明るくなる　どうやら戦争が終わったのだ　少年兵たちは神妙に控える　唐突に占領米軍が地下指令部に入ってくる　皆は衣服を脱がされ　検査選別される　そして屋外に放り出される

夢の後半は長さも色々　結末も変化に富む　しかし　いつも硝煙に手指染めることなく　ことは終わる　熱で触れられないほどに小銃を撃ちまくり　就寝前の暗闇でそれを手入れする　反復して体に覚えさせた儀式　そんなことを夢見た短い時期を記憶から消せないいま　その後の長く安穏な時代が移ろうた　いまも姿現す　ひとには言えない夢の轍

叔母の行方

奇術師王海《ワンハイ》は昭南島華僑の出との触れ込みだったが　じつはただの
本土人だったかもしれない　人づてで人気が出て　湊帝国座は満員
だった　ぼくは祖父と叔母の間に坐っている　舞台では禿頭太鼓腹
の王海が金銀赤銅を模した緋鮒三匹を飲みこみ　客の言う色合いの
ものを一匹ずつ吐き出した

警戒警報が鈍く館内にも響いた　二階脇に腰かける検閲番の将校の
顔をうかがいながら　客は様子をみる　すると案の定すぐに解除に
なる　これが二度続いた　伊良湖岬から侵入した敵機の編隊は湾を
右旋しながら北上し　軍需工場のある名古屋に向かうのだ　もう子

供でさえ敵機の習性を心得ていた

最後の出し物となった　と　ふいに王海が叔母を指さした　色白の叔母の顔に少し血の気がさす　ぼくの手を離した叔母は　すぐに戻るから　とささやいて舞台に上がる　白の簡単服の叔母はまだ女学生ほどに見える　言われるままに椅子に腰下ろすと軽く紐がかけられ　全身をふんわりビロード綿布が包みこむ

三升ほどもある硝子鉢の水を魚もろとも王海は一気に飲み干した　しかし最初に口から出たのは一噴きの焔だった　ビロード綿布が焔に包まれる　すると王海はすかさず大噴水を吹き出して火を消す　濡れくずれたビロード綿布の下には椅子があるばかり　王海は残りの水を硝子鉢に吐き出した　金銀赤銅それに白化して内臓の透けて見える緋鮒も一緒に

おじいさん　おばさんはどこへ行ったの？　はは　あれはね　明日

の朝早いからもう家に帰って　離れで寝ているよ　帰り道の灯火管制下の湊銀座通りは　王海の胃の中のように暗かった　この期に及んで新米看護婦の叔母に　南方に行く輸送船に乗る仕事がきたそうだ

翌朝目覚めると叔母の姿はもうなかった　ほんとうは湊帝国座でビロード綿布を包まれたときに叔母は消えたのだと　ぼくは信じた

転校生

板壁に貼った生徒たちのクレヨン画を眺めて
おとな任せの時間をやり過ごした
人工衛星が姿あらわす前の世の児童たち
普段着に羽根を描くだけの空想が
田なかの隔離病棟を抜けてくる風にめくり返る
下駄を脱いで廊下に上がる許しを得るまでの
空白の過ごし方を験されていると邪推した　〈一日目〉

校庭の隅の水場の湧き水は異様に鉄分を含み
生臭いにおいが粘膜を刺激した

生徒たちの下校を待ちかねて
講堂を仮療養所にする罹災負傷者たちが
水場で包帯と下着そしてからだを洗う
互いにかかわりたくない二つの集団を
湧き水が赤く染めていく　〈鋳〉

なにかと生徒たちに手を上げる代用教員が多い
と聞かされてきた
下肥臭いわらぞうりやちびた下駄よりも
彼らのすり減った軍靴はまだ迫力を残していた
米軍レーダーと不時着特攻機の話になると
はなたれ小僧たちを前に彼らは真顔になった
くじら汁のにおいが廊下に漂ってくる　〈昼前〉

となりの田の泥を失敬してだるまの形をつくり
濡れた新聞紙を張り重ねる

紙が乾くと二つ切りにして泥土を除く
手指と足裏が教室に腐敗臭をまき散らす
野辺の煙よりも軽い五分のたましいを
ふっと吹き込み　重しを入れ色をつける　おっと
なぜか倒れたまま起き上がってこない　〈おきあがりこぼし〉

鉄棒に片脚かけて肋の浮き出たからだを反転させる
一年弱の間の身のまわりの出来事がくるり逆回転する
思い出は油断に通じ草の上に丸刈り頭から落ちる
赤錆を沈着させた溝に半泣きの汚れ顔が映る
鼻血が野草にまみれ　その野草が放つ清々しい香り
百に一つはよいこともあるものだ
見つけた草のことを誰に話そうかと思い巡らす　〈はっか〉

雪の朝

湯を金だらいに注ぎ　安全剃刀を温める
めずらしく淡い雪が地面をまんべんなく覆い
鏡に映る窓枠のなかの小世界が眩しい
けさはとくべつの朝なのだろうか

青臭いオゾンがふっと窓から忍び入る
幾年もくり返してきたひげ剃りの所作
しかし次に目覚めるときには
じぶんが　家が　または朝が
欠け落ちているかもしれない

相変わらずの小心者め
奥から養父の嗄れ声がする
じぶんは今やかれよりも年上だが
銃創という勲章をもつ者には終生敵わない
でもこれで戻れないかもしれないよ

小ざっぱりした雪面がしだいに濡れてくる
やがて　傷んだ臓腑をいじくり回した
端布細工のような地面の継ぎ接ぎが
開き直って姿をあらわすだろう

小さな咎を背負い込まされて
たくさんの白ひげの切れ端が
冷めた金だらいに浮き沈みする
そろそろ出掛けなくては
波立たせぬように器を雪面に傾ける

ありふれた景色

色のない冬枯れの木々が
山裾から畑地の際まで続いている
すこし斜めにみぞれが降り
みぞれは土に触れると凍るらしく
木々の根元がうっすら白い
ありきたりの風景のなかの　どこに
わたしはいるのだろう　いたのだろう
色のない木々のひとつ　みぞれの一滴
それとも残雪の一片が　わたしかもしれない
が　それをあらためるよすがはない

ことさらに蒸し暑さで寝苦しい夜々
ふいに姿あらわす冬枯れの原風景

眼を移すと　山の斜面を下ってくる人影
着古した大きめの詰襟服に布製の肩かけ鞄
紺絣の綿入れを羽織っている
小柄などこにでもいる目立たない少年
肩かけ鞄にはなにを入れているのだろう
あれはわたしの父　伯父　それとも
顔知るよすがもなかった　わたしの祖父
しかしあれはわたしではない　ではなかった
少年はこだわりのない表情で
畑なかの道に入り　港町の方角にくだって行く
みぞれの中に消えていく　痩せて小柄な後ろ姿
歩き疲れ都会の雑踏に揉まれる日々
ふいに　その幻風景は姿をあらわす

夜更けの窓

布ひき忘れた窓に木机が映っている
硝子を透かして公園の樹々の佇まいもうかがえる
生温かい四階の小部屋の虚像と
冷淡な樹々のうす暗い実像
夜の窓は　虚実をとりもつ皮膜というわけか

三十年来居坐る依怙地な旧式蛍光灯
指紋で擦れた辞典二冊に空き缶の筆立て
昼間の光を貯めこんで動く置き時計
頼りなくも健気な身内を侍らせて

木机にしがみつく灰色髪の顔ひとつ
他人行儀そのままの樹々の間に
刷り物の小山が崩れかけている

複写物をとんとんと重ねてとじる手つきで
窓の両側から虚実それぞれの腕が伸び
芝居で夢と幻を演出する紗の幕を降ろす
しかし隠せば逆の効果を生み
あとがこわい淫夢と妄念が脈を打ちはじめる

世故にたけた窓の外の顔が目配せする
いつまで小部屋に独り閉じこもっている
さあ早くこちらに来るんだ　と
中空にするり縄梯子が降りてきて
練絹の光沢を放つが
詩作から離れて久しい男にはそれが見えない

虚とうつつの麗しい協奏の糸がもつれる

いくたび月の見えない側の窓を眺めて
時間をやり過ごしてきたことだろう
思いや仮想は　窓に目をやることで
変装に変装を重ね　結局なにも手許に残らない
もうよいではないか
手拭いで両眼を蔽い立ち木の樹冠に飛び降りて
手に触れるものを思い切り摑むのだ

よそ目には　ふらり窓に寄りかかり
いっとき息継ぎするなに食わぬ仕草で

あとがき

日本を離れると日本や日本人の実態がより明らかに見えてくる、とよく言われる。率直な実感だろう。これに倣って自分という生きものの実態を観察するには、まさか身から心を切り離すわけにはいかないが、日常とは異なる場に自分を置いてみる手がある。運よく私は生業の余得にあずかり、特異な環境に自分を置く機会にしばしば巡り会えた。なかでも植物が他を圧する熱帯林など、日ごろ物と情報に塗れた者には酷な辺土に自身を誘い込むことを好んだ。そんな場では、ときに健気に、ときに狡猾に振舞うわが姿をつうじて、不相応な装束を剝ぎ落とした自分の本性が透かし見えてくる。いや、場合によっては特異な環境にことさらわが身を連れて行くには及ぶまい。たとえば戦災の焦土をうろつく八歳の少年の眼や早世した故友の眼、人に奉仕すべく育種され細工された家畜や人型機械の眼を借りて、私という生きものやそれを泳がせているこの世を睨め回すこともできる。もっとも敵もさる者、急所を捉えることはなかなかの難事だが。

南川隆雄

南川隆雄（みなみかわ・たかお）

一九三七年三重県四日市市生。

主な所属詩誌「新詩人」一九五三〜九四（終刊）を経て現在「回游」、「日本未来派」。

詩集『幻影林』（新詩人社、一九七八）、『けやき日誌』（舷燈社、二〇〇〇）、『花粉の憂鬱』（舷燈社、〇二）、『七重行樹』（回游詩社、〇五）、『火喰鳥との遭遇』（花神社、〇七）。連詩集『気づくと沼地に』（共著、土曜美術社出版販売、〇八）、『台所で聞くドアフォン』（同、〇九）。エッセイ集『植物の逆襲』（舷燈社、〇〇）、『昆虫こわい』（回游詩社、〇五）、『他感作用』（花神社、〇八）。

現住所　〒二五二―〇三〇二　神奈川県相模原市南区上鶴間五―六―五―四〇六

此岸《しがん》の男《おとこ》

著者
南川《みなみかわ》 隆雄《たかお》
発行者
小田久郎
発行所
株式会社思潮社
〒一六二―〇八四二 東京都新宿区市谷砂土原町三―十五
電話〇三（三二六七）八一五三（営業）・八一四一（編集）
FAX〇三（三二六七）八一四二
印刷
三報社印刷株式会社
製本
誠製本株式会社
発行日
二〇一〇年四月二十日